Elisabetta Guidotti

La mia *vita* dentro al D.A.P.

Disturbi da
Attacchi di Panico

RACCONTI E PENSIERI

RiStampa Edizioni

RiStampa srl
Via Salaria per l'Aquila km 91,350
02015 Santa Rufina di Cittaducale (RI)
Tel. 0746 606732

www.tipografiaristampa.it
ristampasrl@libero.it

ISBN: 978-88-99648-66-4

I edizione: gennaio 2019

Chi sono?

Sono Elisabetta; ho quarantatré anni, ovviamente portati bene, (io e la modestia siamo una cosa sola...). Sono sposata da 14 anni ed ho un bimbo meraviglioso di 12 anni, di nome Andrea.

Sono sei anni che soffro di "Attacchi di Panico". Il mio primo attacco si è presentato come una paresi al corpo; sono finita in ospedale con la parte sinistra completamente paralizzata.

Mi hanno fatto di tutto e di più; per poi capire che era un semplice attacco di panico, molto probabilmente dovuto ad un forte periodo di stress. Ringraziando Dio, nulla di più grave, fortunatamente.

Ma la mia vita da quel momento non è più stata la stessa. Alti e bassi, psicologi, psichiatri, medicine...

Non appena pensavo di essere guarita e tornavo a fare la vita di sempre, ecco che, puntualmente, ricadevo nei miei attacchi.

Il mio anno più brutto è stato il 2009.

Sono stata quasi un anno rinchiusa in casa, senza fare praticamente più nulla, perdendo tutto: famiglia, lavoro, amici, sole, mare, aria... ero solo un peso da accudire.

L'unica cosa che riuscivo a fare era di alzarmi dal letto e mettermi in poltrona, per abbracciare mio figlio, quando tornava da scuola.

Non esisteva più nulla. Solo gli attacchi di panico, che si presentavano con una media di 10–15 al giorno.

Il mio fisico stava cedendo; non mangiavo più, ero arrivata a pesare 43 kg. I miei organi si stavano ammalando...

Mia madre mi accudiva giorno e notte, ma, purtroppo, alla fine ha ceduto anche lei.

Poi, con l'aiuto di un "angelo" e la giusta terapia sono tornata a vivere.

Mia cognata, il mio "angelo", mi ha ospitata in casa con lei, insieme a mio figlio, e da lì la mia vita è ripresa.

Come dico sempre io, "è arrivata questa inarrestabile voglia di vivere".

Ho capito veramente cosa significa voler vivere e farlo nel migliore dei modi. Ho ripreso in mano la mia vita, mio figlio, la mia famiglia, il mio lavoro e tutto il resto.

Ho avuto molto tempo durante la malattia per riflettere, per pensare. Ho capito che la vita è una sola e che devo volermi bene di più.

Ora la prima cosa in assoluto nella mia vita è Elisabetta; poi tutto il resto.

Ovviamente, oltre all'amore immenso di mia cognata, sono stata seguita da un buon dottore con una cura adatta, che ancora assumo.

So benissimo di non essere ancora guarita del tutto e che la strada è molto lunga, ma so anche di essere forte abbastanza da non voler mollare più.

La vita è troppo bella e voglio poter sorridere ogni giorno. Perché ho deciso di scrivere questo piccolo libro?

Voi direte: sicuramente una pazzia... oppure... un mio piccolissimo sogno nel cassetto.

Magari lo leggeranno solo gli amici ed i parenti, ma non importa. Voglio poter sempre rincorrere i miei sogni.

Inoltre ho deciso che se un giorno, chissà, potessi ricavarci qualcosa, vorrei donare tutto in beneficenza alla mia

Associazione di Volontariato Insieme Onlus,

Un grandissimo sogno, che ho potuto realizzare dal momento esatto in cui mi sono rimessa in piedi.

Voglio poter aiutare quelle persone che, come me, sanno cosa significa vivere con questi disagi e far capire loro che tutti ce la possiamo fare.

Grazie di cuore!

"L'inizio"

Un giorno ti alzi e vedi il mondo intorno a te girare. Nella testa solo una gran confusione;
ti manca il respiro...
paura, una grande paura...
la tua vista sembra appannarsi...
hai la sensazione di trovarti in un altro posto...
il cuore che batte forte... Sensazioni orrende!

Tachicardia forte, (anche 200 battiti al minuto), extrasistole, vertigini, nausea, giramenti di testa, contrazioni muscolari, crampi, rigidità, dolori, formicolio... (il tutto alla massima intensità), caldo e freddo, impossibilità a vedere ed a mettere a fuoco, difficoltà a respirare, senso di soffocamento.

Succedeva all'improvviso, mentre ero a casa; mentre guidavo, oppure quando non stavo facendo niente; mentre ero in fila al supermercato, o ero a cena; al cinema; oppure al lavoro.

Senso d'irrealtà, crisi di pianto, paura e terrore di morire d' infarto o di ictus, paura di svenire, d' impazzire...
Ansia estrema, tensione, confusione, sensazione di essere posseduti, scosse alla testa, al cervello...
Ti arriva tutto così, all'improvviso.

Gli attacchi di panico sono così sconvolgenti, che spesso possono far perdere l'equilibrio psicologico di chi li subisce, tanto da non riuscire più a valutare in modo equilibrato e realistico ciò che sta succedendo.

Da quel momento, la mia vita è cambiata; da quel momento io non ero più io.

Il mio modo di essere, di pensare, di vivere; tutto ciò che avevo imparato, pensato, sentito, vissuto

e quella che io stessa ero, tutto è stato spazzato via.

Così, all'improvviso, come un fulmine a ciel sereno, a causa di un forte periodo di stress.

In seguito, queste sensazioni diaboliche si manifestarono qualsiasi cosa io facessi.

Il mio corpo cominciava a debilitarsi ed a rifiutare qualsiasi forma di nutrimento.

Mi davano fastidio immagini, voci, parole scritte in movimento, i luoghi affollati...

Il mio cervello non accettava più nessuna informazione.

Non guidavo più; non uscivo più; non frequentavo più nessuno; restavo a casa e non ero una bella compagnia, neanche per chi mi comprendeva.

Una guerra con un nemico che non riuscivo a stanare.

Non avevo più personalità, forze, ricordi... non avevo più il controllo del mio corpo né, soprattutto, dei miei pensieri.

Tutto ciò mi portava sempre più alla deriva.

Cerchi di uscire, di scappare via da quella situazione... ma la paura di morire aumenta all'impazzata.

E dentro di te dici: "io non ce la faccio!" Dici: "sono stanca di star male." "Vorrei piangere, senza fingere che tutto questo sia facile per me".

Quando pensi che nessuno ti possa consolare ed arrivi a toccare il fondo, ecco che, puntualmente, inaspettata, arriva "questa inarrestabile voglia di vivere".

È sempre lì, da qualche parte, nell'ombra, e, quando ti dimentichi della sua esistenza, eccola che arriva, ma in un modo arrogante! Decisa e prevaricatrice!

Ti denigra per i tuoi non-pensieri, ti umilia per averla scordata e ti si avvinghia stretta.

E poi, eccola inebriarti delle cose più semplici e dolci che spuntano d'incanto attorno a te.

Non sei sola e mai lo sarai.
Tante persone ti saranno vicine e ti aiuteranno ad andare avanti.
 "Sono la principessa di me stessa; la regina del mio cuore".

Amate quando potete, non nascondete mai i vostri sentimenti, soprattutto se amate con tutto il cuore.

È la ragione per cambiare ed io l'ho fatto.

Ora sono una persona nuova, diversa.

(2 Novembre 2009)

Grazie!

A mio figlio, l'amore della mia vita.
A mia cognata, che mi ha aiutato come una sorella.
A mio marito.
Alla mia famiglia, che mi è stata vicina, sempre.
A tutti quelli che mi vogliono bene.
Oggi sono una grande Elisabetta e lo devo a tutti voi!

La nostra "malattia" ci migliora?

Allora, ragazzi, che ne dite, questa nostra "malattia" ci può migliorare? Io dico di sì e, con piacere, vi racconto la mia esperienza.

Inizio con una bella frase dell'indimenticabile Jim Morrison:
"Non arrenderti mai, perché quando pensi che sia tutto finito, è il momento in cui tutto ha inizio".

Ero arrivata al punto di non ritorno, quello in cui dici: "Basta, mi arrendo, non ce la faccio più".

Poi dentro di me è scattato qualcosa, all'improvviso, è scattata: "questa inarrestabile voglia di vivere", come la chiamo sempre io.

All'improvviso, mi sono guardata intorno e mi sono chiesta:
"Ehi, cosa stai facendo? Guarda quante persone ti vogliono bene, guarda quante cose belle ti sta offrendo la vita!"
"Che faccio, mollo tutto perché non trovo la forza di andare avanti? E rinuncio a mio figlio, alla mia famiglia? A tutto il resto, che è così meraviglioso? Non posso farlo assolutamente."
"Devo lottare fino in fondo; devo riuscire a rialzarmi e parlare con il mio corpo e la mia mente e capire cosa voglio veramente e soprattutto chi voglio diventare per stare bene." "Per stare solo bene".
Dovete sapere, e sicuramente tanti di voi lo sanno già, che la "malattia" non è un caso fortuito.
È il messaggio del nostro migliore amico sulla Terra, il nostro corpo, che ci avverte che, da qualche parte, c'è qualcosa che non va e ci stiamo allontanando al nostro scopo evolutivo.

Io l'ho capito.

Certo, non vi dico che è stato facile. Tuttora cerco di migliorare sempre, ma lo faccio con la passione, con l'amore, con tanta forza, e con tutti i sentimenti più belli che esistano.

Prima della malattia ero un "iceberg", quasi senza cuore.

All'infuori di mio figlio, per il quale il mio amore è sempre stato immenso, niente mi coinvolgeva.

Ero una persona che non esprimeva i suoi pareri, le sue ragioni, i suoi torti... Mettevo tutto dentro, quello che mi girava intorno: famiglia, lavoro, amici, insomma tutto.

Non mi esprimevo mai, nel bene o nel male.

Alla fine, come poteva non esplodere nel mio corpo questa "malattia"?

Tutto ciò che avevo dentro di represso, si è tramutato in "attacchi di panico", e da lì la mia discesa, il mio crollo.

Fino al punto in cui mi sono resa conto che così proprio non mi piacevo e, molto probabilmente, non piacevo nemmeno agli altri.

Quindi ho deciso di cambiare, di rinnovare la mia vita, di esprimere con tutti quello che avevo dentro, di amare con tutto il cuore, di fare tutto il possibile per chi soffre, di sentirmi realizzata nel mio lavoro...

Insomma... una nuova Elisabetta.

Ora dico sempre quello che penso, sia nel male che nel bene.

Poi, se mi rendo conto che sono in torto, sono la prima a chiedere scusa; ma le mie opinioni le devo sempre dire.

Mio marito mi dice sempre che devo stare attenta, che, alla fine, qualcuno mi manderà probabilmente a "quel paese".

Non importa, prendo tutto: critiche e complimenti ed anche un bel vaff!

Ora amo con tutto il cuore ed ogni minuto esprimo i miei sentimenti. Non trattengo più niente.

Ora aiuto chi, come me, ha sofferto o sta soffrendo per questa "malattia" e non potete immaginare come mi renda felice e mi faccia stare bene quel: "grazie, Eli"!

Mi riempie il cuore ogni volta.

Ora (e questa è la cosa più importante), mi sento davvero realizzata come donna, mamma, moglie; perfetta in ogni cosa che faccio, o, almeno, ci provo ad esserlo.
Dai, diciamo che la perfezione non esiste.
Cerco, però, di fare il possibile per rendere la mia famiglia felice.
E, nello stesso tempo, tutto quello che faccio per loro, mi rende felicissima.

Ora non dedico tutto il mio tempo al mio lavoro (come facevo prima); lo faccio nel modo e nei tempi giusti ed ho ritrovato il mio equilibrio.
Insomma, amici miei, sono una persona diversa, nuova, sicuramente migliore. Non so come farvelo capire, ma secondo me, "NOI" abbiamo una marcia in più rispetto agli altri (ovviamente senza offendere tutti gli altri).
Per lo meno, io mi sento così.

E alla mia domanda iniziale: "la nostra malattia ci migliora?"
Vi posso rispondere con un grido solo:
"SÌ iiiiiiiii!"
Non dimenticate mai la frase:
"Questa inarrestabile voglia di vivere" perché, sapete, arriva all'improvviso e vi assicuro che, poi, non vi molla più.
Vi voglio bene!!!

P.S.: Nel periodo in cui scrissi questo racconto, chiamavo i miei attacchi di panico: malattia, mostro o demone.
Ora mi limito a chiamarlo solo: "amico panico".

Fondamentalmente non è una malattia, ma è solo un forte disagio, diciamo un nostro amico un po' scomodo, ma pur sempre un amico.

Come spiegare ai propri figli i nostri disagi?

Vorrei raccontarvi una parte molto importante della mia vita dentro al "DAP", e, come introduzione, vorrei inserire alcuni spezzoni di un testo scritto da Dietrich Bonhoeffer, un Teologo protestante, martire del nazismo:

CHE COSA SIGNIFICA DIRE LA VERITÀ?

Dal momento in cui impariamo a parlare, ci si insegna che le nostre parole devono essere veritiere.

Che cosa vuoi dire? Che cosa significa: "dire la verità"? Che cosa ci viene richiesto? Evidentemente i genitori sono i primi che, con l'esigere la veridicità, regolano il nostro rapporto con loro.

Quindi in un primo tempo tale esigenza, nel senso inteso dai genitori, si riferisce e si limita alla ristretta cerchia della famiglia. Bisogna osservare inoltre che il rapporto che si esprime in questa esigenza non è senz'altro reversibile.

La veracità del bambino verso i genitori è essenzialmente diversa da quella dei genitori verso dì lui.

Mentre la vita del piccolo bambino è interamente aperta dinanzi ai genitori e la sua parola deve svelare tutto ciò che è nascosto e segreto, non è pensabile il caso inverso. Riguardo alla veracità, l'esigenza dei genitori verso il bambino è diversa da quella del bambino verso di loro.

Se ne deduce subito che "dire la verità" ha un significato diverso secondo le rispettive posizioni.

Bisogna tener conto dei rapporti che esistono in ogni singolo caso.

Bisogna domandarsi se e in che modo un uomo ha diritto di esigere da un altro un discorso veritiero.

Come il linguaggio usato tra genitori e figli è per natura diverso da quello tra marito e moglie, tra due amici, tra maestro e scolaro, tra autorità e suddito o tra nemici, così pure la verità contenuta in quelle parole è, di volta in volta, diversa.

"Dire la verità" non è dunque soltanto una questione di atteggiamento personale, ma anche di esatta valutazione e di seria riflessione sulla situazione reale.

Quanto più varie sono le condizioni di vita di un uomo, tanto maggiore sarà per lui la responsabilità e la difficoltà di "dire la verità".

Il bambino, che ha un solo rapporto nella vita, quello con i genitori, non ha ancora nulla da considerare e da valutare.

Ma la successiva cerchia di persone in cui la vita lo pone, la scuola, gli crea le prime difficoltà.

È dunque estremamente importante dal punto di vista pedagogico, che i genitori facciano comprendere al bambino (non è il caso di specificare qui in che modo) la differenza che c'è tra queste diverse cerchie e, quindi, tra le sue responsabilità. Bisogna dunque imparare a dire la verità.

Bisogna, dunque, imparare a dire la verità, sante parole.

Noi genitori, a volte, per proteggere i nostri figli, oppure perché siamo convinti che loro non possano capire determinate cose, tendiamo a nascondere loro la verità o, addirittura, inventiamo bugie, pur di tranquillizzarli.

Tutto questo solo per proteggerli.

A volte, non ci rendiamo conto che la cosa più brutta che si possa fare con un bambino è mentire o raccontare una bugia, perché loro percepiscono tutto, comprendono tutto, ed hanno la mente che va oltre e, quindi, cosa può succedere raccontando loro una bugia?

Riusciamo solo a confondere le loro idee, i loro pensieri e si crea nella loro testa tutto un mondo loro, con già delle risposte, il più delle volte sbagliate.

Così è successo con il mio piccolo, quando ero in piena malattia. Ho un bimbo meraviglioso, Andrea; da poco ha dieci anni.

La mia malattia va avanti da circa cinque anni, con alti e bassi.

Due anni fa pensavo veramente di essere guarita.
Invece l'anno scorso, dopo un periodo di problemi familiari, di lavoro e di vita frenetica, sono ricaduta nel mio tunnel e, questa volta, in maniera molto pesante.

Sappiamo tutti cosa significa soffrire di attacchi di panico: siamo annientati in tutto e per tutto.

Fino a quel momento non avevo mai avuto la necessità di raccontare al mio piccolo cosa avessi e di cosa soffrissi, perché la mia vita potevo gestirla tranquillamente e, quando stavo male, facevo di tutto per non fargli vedere né capire niente.
L'anno scorso, però, è stato diverso, completamente diverso. Quasi un anno passato a casa, senza poter fare davvero nulla.
Ancora non mi decidevo a dirgli qualcosa, sempre per la solita fissazione: "Lui è piccolo; come posso pretendere che capisca la mia malattia, quando, nemmeno alcuni adulti la capiscono?
Lo devo proteggere, lui non merita di soffrire!"
Sono andata avanti così per un bel po' di tempo, regalandogli delle belle delusioni. Ogni volta che provavo a sforzarmi di fare qualcosa con lui o per lui, "FALLIVO" e per Andrea erano pianti disperati, perché la sua mamma non poteva uscire con lui, portarlo alle giostre, al mare, agli acqua-scivoli... Ed io tornavo a casa sempre più distrutta.
Questa cosa mi stava logorando.
Provavo con tutte le mie forze a nascondere i miei disagi, le mie paure, i miei attacchi, ogni volta che andavo con lui.
Era tutto inutile; non ero ancora pronta a fare determinate cose ed ogni volta fallivo, fallivo, e fallivo.

Un giorno (da premettere, senza nemmeno chiedere consiglio al mio dottore, perché la convinzione di potercela fare era fortissima) abbiamo deciso di andare all'Acqua Park.

Arrivati a destinazione, al momento di fare i biglietti, con una coda immensa per entrare, come poteva non arrivare un attacco di panico?

Eccolo lì, pronto, preciso, deciso a rovinarmi tutto!

A quel punto, nonostante la mia forza di volontà e le mie gocce, non c'è stato nulla da fare!

Ho dovuto rinunciare e dire per l'ennesima volta a mio figlio:

"Amore, la mamma non ce la fa ad entrare, non si sente un granché bene. Dobbiamo tornare a casa".

Lì, il pianto disperato.

Ha pianto per tutto il tragitto per tornare a casa, piangeva come non l'avevo mai visto.

Che ne dite, forse anche lui era stanco di quella situazione?

Logicamente, senza sapere cosa avesse effettivamente la sua mamma, per non poter riuscire a fare nulla.

Tornati a casa, mentre lui ancora piangeva disperato, l'ho preso per mano e ci siamo seduti sul divano.

Gli ho detto:

"Ora la mamma ti deve parlare.

Tu sei il mio ometto e sono sicura che capirai perfettamente tutto!"

Credetemi, non sono mai stata lucida così come in quel momento.

Gli ho chiesto di smettere di piangere e di ascoltarmi senza dire niente.

Poi avrei risposto a tutte le sue domande.

"Sai, amore mio, la mamma soffre di una malattia che si chiama "attacco di panico". Innanzitutto devi stare tranquillo, perché con questa malattia la mamma non muore.

Le succede all'improvviso, specialmente quando si trova in posti affollati di persone. Inizio ad avere il cuore a 1000, i miei muscoli iniziano a tremare, il mio respiro si fa sempre più affannato; non vedo bene, la testa è confusa.

Non riesco a controllare tutto questo.

Tesoro, non dura molto, ma ti assicuro che è una sensazione incontrollabile e, credimi, bruttissima.

Ecco perché la tua mamma non guida più, non va più al lavoro, non esce più, non può più fare niente.

La tua mamma si sta curando con un bravo dottore e con delle medicine e, presto, tutto questo sarà finito.

Vedrai che tornerò ad essere quella di prima; anzi, ti assicuro che sarò la mamma "più meravigliosa del mondo!"

Ecco le mie parole, dette a mio figlio nella maniera più semplice possibile, in quel fatidico giorno.

Lui, guardandomi e singhiozzando, mi ha risposto:

"Mamma, io pensavo che ti sentissi male quando fumavi. Se veramente ti capitano tutte queste cose brutte, perché gli altri si arrabbiano con te e non capiscono?

Ok, mamma, ora ho capito.

Non piangerò più e, quando sarai guarita, faremo tantissime cose insieme".

Un bambino che crede che la sua mamma si senta male solo se fuma? Cosa poteva passare nella sua testa?

Ecco cosa significa, non dichiarare la verità ai propri figli.

Ora mio figlio sa tutto e, forse, anche più di qualche adulto.

Sa cosa significa un attacco di panico, cos'è il DAP, segue il mio gruppo, la pagina su Face book; ha visto il mio video, dove raccontavo la mia vita dentro il DAP, fatto quando stavo notevolmente meglio.

Io avevo timore nel farglielo vedere, ma lui ha insistito molto.

Alla fine del video mi sono girata verso di lui: aveva le lacrime agli occhi. Io, quasi preoccupata, gli ho chiesto: "Amore, perché piangi?"

Lui: "Mamma, sono lacrime di gioia, perché tu sei guarita".
Scusatemi per il mio racconto così lungo!
Volevo solo dirvi di non fare mai lo stesso mio errore, quello di aspettare troppo tempo.

Parlate subito chiaramente ai vostri figli, dite loro la verità con parole semplici, l'importante è che sia la pura verità!

Vi assicuro che loro capiscono molto più e meglio di noi e ci danno la forza per guarire.

Loro sono tutta la nostra vita!

Lettera di un'amica
Confidenze per confidenze

Ciao Elisabetta,
da un po' di tempo non venivo più a "curiosare" nel tuo profilo. Ho visto i due video DAP.

Non riesco ancora a parlare, mi hai commosso tanto.

Sei una donna molto coraggiosa, hai tanta forza, tanta sensibilità dentro, queste sono e saranno le tue armi vincenti nella vita.

Ed hai un magnifico bambino ed una famiglia, dai quali attingere nuova energia quando avrai momenti NO...

Bastano un sorriso di bimbo, un battito d'ali, un giorno di caldo sole, un passerotto che vola sul terrazzo in cerca di briciole, il vento caldo che ti scompiglia i capelli o la pioggerellina che ti bagna il viso...

Si fa un bel respiro e si riparte!

Perché te lo dico?

Dieci anni fa, anch'io ho lottato per lungo tempo contro un mostro, il mio si chiamava linfoma non-hodgkin, in parole povere: cancro.

Sono qui ora, sono VIVA, ho qualche chilo in più, i capelli bianchi, ma chissenefrega.

Condivido tutto ciò che hai avuto il coraggio di pubblicare in un video.

Io ne parlo con poche persone, cerco di dare il mio piccolo aiuto attraverso la mia esperienza, soprattutto con chi ha la mia stessa malattia.

Mi fa soffrire molto la sofferenza altrui, la sento dentro, non è compassione ma condivisione.

Non ti nascondo che ho pianto stasera, leggendo di te.

Ho compreso il mistero della tristezza nascosta nel fondo dei tuoi bellissimi occhi, ho capito il perché di quel filo sottile ed evanescente che abbiamo teso tra noi: è un qualcosa che solo chi ha tanto sofferto è in grado di percepire; un riconoscersi tra esseri tornati da un inferno, che per un breve attimo ci ha fatto smarrire la via chiamata vita.

Grazie, Elisabetta, anche per avere avuto la pazienza di "ascoltarmi". Un forte abbraccio Ardilla

Grazie a te, mia cara amica…

Racconto via web
Io con voi, voi con me

Vorrei raccontarvi una cosa.

Ho passato un anno intero a casa per colpa degli attacchi di panico, la mia vita era completamente devastata, non riuscivo a fare davvero più nulla.

Avevo perso ogni cosa: famiglia, lavoro, autonomia... Ero diventata una "larva" da accudire, da non lasciare sola, perché ero capace di tutto ed incapace di tutto.
Ero una "larva" da coccolare, ma era sbagliassimo, da trattare con un po' di cattiveria, ma era anche peggio!
Nessuno mi poteva aiutare.
Per chi ci è vicino, capire quale sia la cosa migliore da fare, credetemi, non è per nulla facile.
Avevo la media di dieci attacchi il giorno, i miei organi si stavano ammalando; non mangiavo più; non reagivo più o, meglio, non volevo reagire. Non riuscivo proprio a fare nulla.
Restavo a letto giorno e notte.
Dentro di me non capivo più nulla; stavo perdendo ogni speranza. Sì, non mi vergogno di dirlo, a volte ho pensato anche di farla finita.

Vi dico tutto questo perché ora sono qui a scrivere a voi.
Durante i miei attacchi, mai avrei pensato di poter accendere un computer e scrivere qualcosa.
Non ne avevo la forza.

Voi ci scrivete dei vostri disagi, voi ci scrivete mentre avete un attacco, ci chiedete dei consigli, e noi, nel nostro piccolo, cerchiamo di aiutarvi in tutti i modi; ma sempre con tanta umiltà ed un cuore aperto a tutti.

E questo per voi è un grande passo.

Poter scrivere, poter condividere, senza vergognarsi di niente e di nessuno. È un passo verso la guarigione, ne sono convinta.

Per questo, vi chiedo di non mollare mai, di non perdere le speranze, mai.

Se avete la forza di scrivere in questa pagina meravigliosa, è un passo da giganti.

Chi pensa veramente di farla finita, non di certo lo scrive, lo fa e basta. Credetemi, è così.

Quindi continuiamo tutti insieme questa battaglia. Il nostro disagio ci devasta la vita.

Non tutti capiscono...

Ed è per questo che siamo qui, anche per dar modo a chi non ne soffre, di capire!

Vorremmo anche sensibilizzare gli Enti ad affrontare di più questo disagio, per far sì che sia medicine che terapie non ci vengano a costare tanto.

Siamo delle piccole gocce in questo mare immenso, ma, uniti, ce la possiamo fare.

L'UNIONE FA LA FORZA

Grazie a tutti voi di cuore.

Personalmente, la pagina ed il gruppo su Facebook mi hanno dato tantissimo e, da parte mia, continuerò ad aiutare chi ne avrà bisogno, sempre e comunque. Per ora siamo qui in questo mondo virtuale e lo scrivo a caratteri cubitali:

DI VIRTUALE C'È SOLO UN MONITOR, CHE CI DIVIDE.
NOI SIAMO VERI, VOI SIETE VERI.
NOI ABBIAMO BISOGNO DI VOI
E VOI DI NOI!

La condivisione è la prima strada verso la guarigione. Credeteci fino in fondo e non mollate MAI!

Sono caduta tante volte

Son caduta tante volte. Forza di rialzarmi: zero.

Sì, ho pensato anche di farla finita, a volte.

È un peccato mortale pensare di farla finita, ma solo ora me ne rendo conto. Solo ora, penso che la vita sia un dono meraviglioso.

Solo ora, penso che tante altre persone vivano la vita con problemi molto più gravi di quelli che viviamo noi.

Non ci credete?

È vero, ve lo assicuro, ci sono persone che darebbero l'anima per stare come stiamo noi ora. Darebbero l'anima per avere qualche giorno in più per vivere!

Sì, VIVERE!

Vivere per sorridere, per abbracciare le persone care, per urlare al mondo che siamo qui, siamo VIVI e ce la possiamo fare.

Gli attacchi di panico esistono.

Sono considerati la malattia del secolo e, più passeranno gli anni, più questi disagi si propagheranno all' infinito, ma vi assicuro che esistono mali peggiori, mali incurabili. Mali a causa dei quali quel dono chiamato "vita" viene a mancare.

A NOI NO, la VITA non viene a mancare. Noi siamo VIVI!

Sì, la malattia è devastante, ma possiamo VIVERE, ed è questo l'importante.

Non possiamo uscire dagli attacchi di panico? Forse no, non esiste tuttora una cura miracolosa. Diffidate di quelli che dicono: "con questo ne esci".

Possiamo, però, farcela tutti, possiamo controllarli i nostri attacchi, possiamo riprendere la nostra vita in mano.
POSSIAMO FARCELA TUTTI

Tirate fuori la vostra forza; chiedete aiuto, non vergognatevi, urlate al mondo cosa significa vivere con questi disagi e vedrete che vi sentirete già meglio.

Io vi dico che ce la potete fare.

Ho passato l'inferno, ma sono qui ora, e vi dico, con orgoglio, che ho ripreso in mano la mia adorata vita.

Non smetterò mai di aiutare le persone che, come me, vivono questi disagi, mai!

Non smettete mai di crederci, di sperare e di andare avanti, sempre, a testa alta.

LA VITA, un dono meraviglioso

Sono sordo, muto e cieco; non posso guardare il colore del mare, sentire il suo rumore né dirti quanto ti voglio bene.

Sono disabile, non posso camminare con le mie gambe, né farti una carezza con le mie mani.

Sto morendo di fame, non ho né acqua né cibo.

Sto in un letto di ospedale in coma, non so se riuscirò più a vedere la luce del sole.

Sto morendo, mi hanno diagnosticato un male incurabile.

Io, invece, posso ascoltare il rumore del mare.
Io posso dirti con la mia voce quanto ti voglio bene. Io posso guardare un bel tramonto.
Io posso correrti incontro ed abbracciarti forte. Io posso mangiare e bere in quantità.
Io posso guardare la luce del sole e sentirne il calore.

IO POSSO VIVERE!
VIVI ORA, NON PERDERE ALTRO TEMPO.
LA VITA È TROPPO BREVE PER NON AMMIRARE TUTTE LE SUE BELLEZZE.

Io soffro di attacchi di panico, MA NON MORIRÒ per questo e voglio continuare ad urlare al mondo intero quanto sia bella la vita!

Grazie, Sig. "PANICO"

Devo dire grazie al Sig. Panico, sapete?

Prima dei miei disagi ero un "iceberg". Sentimenti pochi, pessima moglie, pessima mamma.

Correvo sempre, pensavo solo ed esclusivamente al mio lavoro e, anche lì, forse concludevo poco e male.
La mia vita era sempre di corsa, in qualunque cosa.

Dopo aver toccato il fondo, mi sono resa conto di una cosa importantissima. La vita, ragazzi, è una sola e, sicuramente, troppo corta.
Ho imparato ad amare con tutta me stessa.
Sono diventata sensibile, forte, gentile verso gli altri.

Sorrido sempre, mi diverto in ogni occasione, ballo e canto, anche da sola.

Amo la mia famiglia più di ogni altra cosa al mondo; ho imparato a cucinare; esprimo il mio bene ovunque.

La gentilezza non costa nulla; un sorriso non costa nulla; un abbraccio ad una persona cara non costa nulla.

Fatelo, ragazzi, vedrete come vi sentirete meglio.

Io sono una persona nuova, sicuramente migliore, e di questo, anche se sembrerà assurdo, voglio dire "grazie" ai miei attacchi di panico.

Molto probabilmente, se il mio fisico non avesse ceduto, non mi sarei resa conto che stavo portando avanti la mia vita in una maniera disastrosa per tutti.

Invece,

LA VITA È UNA COSA MERAVIGLIOSA!

Non siamo degli "Extraterrestri", siamo delle persone "Normali"

Vorrei iniziare con quest'articolo trovato in rete:

"Chi vive un attacco di panico, quando l'attacco diviene grave, cerca di allontanarsi dalla situazione in cui si trova, nella speranza che il panico cessi, oppure cerca qualcuno che lo possa aiutare se dovesse svenire, avere un infarto o impazzire.

C'è, invece, chi cerca di restare da solo, perché si vergogna delle conseguenze che l'attacco potrebbe avere o ha il timore che gli altri possano scoprire che soffre di un attacco di panico.

Le prime volte che una persona ha un attacco di panico solitamente si spaventa molto, dato che si tratta di un'esperienza strana, inattesa e spiacevole, spesso accompagnata dalla paura di perdere il controllo, di morire, o di impazzire. Dopo il primo attacco di panico, la persona comincia a temere che il tutto possa ripetersi: si inizia così ad "aver paura della paura". È questo il "circolo vizioso del panico", che compromette seriamente la vita a chi ne è colpito.

La maggior parte delle persone imparano rapidamente a riconoscere le situazioni nelle quali è più probabile avere un attacco di panico o le situazioni in cui è più pericoloso o fastidioso averlo.

Si cominciano a temere treni, autobus, aeroplani, ascensori, perché, nel caso di attacco di panico, bisogna aspettare che si fermino, prima di uscire o ricevere aiuto. Anche fare la fila in un negozio comporta le stesse difficoltà.

Essere soli in casa o guidare in una strada deserta possono avere conseguenze analoghe: chi potrebbe venire in soccorso in caso di attacco di panico?

Anche guidare da soli in mezzo al traffico pone gli stessi problemi, poiché, in questi casi, sarebbe difficile abbandonare la macchina e chiedere aiuto.

Per qualcuno il problema principale non è la difficoltà di andarsene o di ottenere aiuto, ma l'imbarazzo di fare una brutta figura."

Ecco, l'ultima frase mi ha colpito molto: "l'imbarazzo di fare una brutta figura".

È sempre più elevato il numero di persone che in Italia soffre di questo disagio: circa 2.500.000 di persone soffrono di Attacchi di Panico, una percentuale che si aggira intorno al 4%.

Di tutte queste persone, la maggior parte prova una vergogna immensa nel parlare di questo disagio.

Si tende a nascondersi, a scappare da tutte quelle situazioni che possono far provare imbarazzo davanti a chi sta accanto.

Io provavo le stesse identiche sensazioni, evitavo ogni tipo di rapporto all'esterno e mi rifugiavo tra le quattro mura.

Perché, purtroppo, succede questo?

Io ho imparato una cosa, da quando mi sono ritrovata a toccare veramente il fondo ed ho iniziato la mia risalita verso la vita.

Ho imparato a non vergognarmi più di niente e di nessuno; ho imparato a parlare liberamente del mio disagio ed anche a condividere la mia esperienza con chi ne ha bisogno.

Ancora oggi alla domanda che mi fanno: "cos'hai di preciso?" Alla mia risposta: "soffro di attacchi di panico", mi ritrovo davanti persone che mi rispondono: "mah, e cosa sarà mai?"

"È tutto nella tua testa!" "Mica si muore!"

Ben detto, di questo disagio "non si muore" ma, sicuramente, ti devasta la vita e conviverci è veramente dura!

Non tutti riescono a capire cosa significa; credo che solo chi ci è passato può effettivamente rendersi conto di quello che si prova.

Il mio grande consiglio è questo: non smettete mai di spiegare cosa provate, anche se, come ho scritto nel titolo, ci prendono per "extraterrestri" o per "pazzi".

Quante volte ci siamo sentiti ripetere queste parole?

Dobbiamo far capire a tutti cosa significhi soffrire di questo disagio, rispondendo: "vai a vedere su Internet cosa significa!"

Bisogna divulgare questo disagio perché, come ben sapete, se ne parla pochissimo.

Trasmissioni in tv che parlano di malattie ce ne sono molte; ma agli "attacchi di panico" riservano poco o niente.

Per non parlare poi delle cure.

Quanto ci costano le medicine, parecchie delle quali, oltretutto, nemmeno vengono passate dalla mutua?

E che dire delle sedute da uno psicologo?

Io sono la prima a dire che esistono mali incurabili, violenze terribili sui bambini, sulle donne, malattie rare per le quali non esistono cure, e tante altre orribili calamità di cui il mondo è pieno, purtroppo.
Sono pienamente cosciente che queste cose sono di principale importanza e gravissime. Senza ombra di dubbio.

Di conseguenza, noi non ci dobbiamo lamentare dei nostri disagi dovuti al "panico", che sono niente al confronto, ricordando e ripetendo sempre a noi stessi: "con il nostro disagio non si muore!".

È anche vero, però, che con il nostro disagio "perdiamo ogni cognizione di vita".

Per questo, vorremmo riuscire ad estendere questo messaggio d'informazione verso gli Enti, soprattutto, per far sì che se ne parli di più e fare in modo così di far capire alle persone di cosa si tratta!

Facciamo conoscere a tutti cosa significa vivere di questo disagio, non permettiamo più a nessuno di dirci:
"siete pazzi!", oppure:
"fatevi un elettroshock che vi passa tutto!"
e tante altre cose assurde dette da
CHI NON CONOSCE IL DISTURBO!

Sono fiera di me

Sono fiera di me, per quella che sono e per ciò che sono diventata.

Quando mi emoziono per cose semplici, sono fiera di me, per la mia sensibilità.

Grazie alla quale riesco a gioire, come pure a soffrire, anche per piccole cose, che ai più passerebbero inosservate.

A volte, come ho detto, questa mia sensibilità mi fa soffrire e non poco, ma è giusto così. Anche la sofferenza fa parte del grande ruolo della vita.

Ringrazio ogni minuto di essere così.

Sono fiera di me, quando capisco che ho sbagliato ed ho la forza di chiedere scusa.

Sono fiera di me, quando, guardando il cielo, il mare, un tramonto con i suoi colori meravigliosi, mi emoziono ed ammiro la loro immensità e bellezza.

Quando ho il coraggio di aiutare qualcuno a rialzarsi, sorridendogli e porgendogli la mia mano.

Sono fiera di essere quella donna che si appassiona e si commuove, anche leggendo un libro, e sogna ad occhi aperti, senza mai trascurare i propri sogni.

Sono fiera di pensare al passato, ricordare i miei errori e cercare di non rifarli. Sono fiera di piacermi per quella che sono, con i miei pregi ed i miei difetti. Sono fiera di essere forte nella mia fragilità.

Sono fiera di amare la vita in tutte le sue sfaccettature.

Per te che stai leggendo

Per tutte quelle persone che in questo momento si sentono un po'
giù, per tutte quelle persone che hanno perso la speranza, per tutte
quelle persone che pensano di non potercela fare, per tutte quelle persone che la sera si sentono sole e tristi, per tutte quelle persone che
vorrebbero tanto un abbraccio forte.

Ecco per voi: un abbraccio, una carezza, una stretta di mano.

Ecco per voi, una speranza: quella che sicuramente uscirete da
questi disagi.

Ecco per voi, un briciolo di allegria, che non guasta mai, anche solo nel guardare il vostro viso allo specchio... l'autoironia è fondamentale.

Ecco per voi, una bellissima luce: quella dei vostri occhi, che sono
ancora capaci di amare, guardare, ammirare...

Cosa?

Tutto ciò che di bello ci circonda:
il mare, il cielo,
le stelle, la luna, il sole,
il sorriso di un bambino,
un cane che abbaia,
un gatto che fa le fusa,
un amico che ti fa sentire come e quanto conti per lui.

Tutto questo è la vita. Soprattutto questo.

E voi siete qui.
Siete stati scelti per stare qui su questa terra. Il mondo non cambia?
Bene, iniziamo da noi e tutto sembrerà migliore, ve lo assicuro!

Un po' di me

Sono solare, semplice, un po' pazza ma unica, adoro sorridere e far sorridere; cantare anche se sono stonata, adoro ballare.

In questo, diciamo che me la cavo: una via di mezzo tra un tronco ed una scopa, ma non importa, lo faccio ugualmente! Perdo il tempo con la musica e vado per conto mio? E chissenefrega!

Mi guardano e ridono tutti?

Pazienza, loro non si divertono come mi diverto io.

Amo me stessa più di ogni altra cosa. Esprimo le mie emozioni, i miei sentimenti, in ogni dove.

Amo le vere amicizie. Un' amicizia ti può dare molto più di un amore. Sono sensibile, sono un cristallo; ma di quelli infrangibili.

So per certo che nulla è impossibile.

Bisogna credere nei nostri sogni, sempre e comunque.

Mai guardare al passato, mai pensare troppo al futuro! Vivo il presente e quello che mi offre.

Soprattutto perché quando sai cosa il dolore significhi, a quel punto hai solo una cosa in mente: la vita in tutte le sue sfaccettature.

Sì, voglio essere felice!

Voglio godermela, la mia vita!

Voglio essere me stessa e non cambiarmi mai, per niente e per nessuno.

Amatevi!

Vogliate bene a voi stessi per quello che siete e per quello che ancora diventerete, strada facendo.

Siate orgogliosi, sempre.

A volte il vostro percorso può incontrare qualche ostacolo, ma avete in mano tutti gli strumenti per poterlo affrontare e superare.
E, se qualche volta fosse difficile, non esitate a chiedere aiuto.

Camminate sempre a testa alta durante il vostro percorso, sempre, afferrando per mano chi dovesse inciampare.

Donate e riceverete altrettanto, se non di più.

Fate in modo che la gente si volti a guardarvi; non perché siete belli, ma per quanto siete luminosi.

Non dimenticate gli affetti cari.
Fate in modo di donare amore, gioia e sorrisi.

Imparate ad esprimere i vostri sentimenti; cercate il dialogo ed il confronto, se ci sono incomprensioni.

Dite ad alta voce quanto volete bene a qualcuno, abbracciatelo, coccolatelo e stringetelo forte a voi

.

Buon compleanno, Elisabetta

Chi di noi non ha mai desiderato essere Cenerentola, Biancaneve o, perché no, un giovane in sella ad un cavallo bianco, il famoso Principe Azzurro?

Già, anche perché ad ognuno di noi, quando eravamo bambini, è stata raccontata una fiaba.

È strano l'effetto che fanno le fiabe sui bambini: quegli occhi spalancati, l'aria meravigliata, immersi in questo mondo fiabesco.

Mi sono sempre chiesta come mai le fiabe facessero quell'effetto non solo ai bambini, ma anche agli adulti.
Ora ne capisco il motivo.
Il mondo fuori non ci soddisfa. Cerchiamo, quindi, di rifugiarci in quel mondo incantato fatto di principi, principesse, folletti e fate.

Ecco! Io, oggi, in questo giorno per me "magico", il giorno in cui la piccola Elisabetta veniva al mondo, in questo mondo così strano, a volte, in questo giorno in cui la mia vita iniziava…
Vorrei rifugiarmi in una di quelle favole, in uno di quei meravigliosi castelli.

Ed ecco la mia fiaba ed i miei desideri di oggi:
Desidero che la salute non mi abbandoni più. La salute è il principio di ogni cosa, senza di essa ben poche cose sono realizzabili.
Desidero far crescere il mio piccolo amore nella pace e nella serenità, che credo ogni bambino debba avere.

È un nostro dovere rendere i nostri piccoli felici. A volte, le ostilità della vita purtroppo portano a farli soffrire.

Gli sbagli degli adulti ricadono sempre e solo su di loro. Siamo talmente egoisti che non ce ne rendiamo conto. Vorrei riuscire a renderlo felice ogni minuto della sua vita. Desidero essere amata, rispettata.

Desidero sentirmi realizzata come donna, moglie, mamma, amante, amica.

"L'essere amata è per la donna un bisogno superiore a quello di amare". Il mio amore è infinito ed il mio cuore è immenso.

Desidero non dover più soffrire per niente e per nessuno.

La sofferenza ti resta dentro come una cicatrice incancellabile ed un velo di tristezza ti resta impresso negli occhi, nello sguardo.

Non tutti riescono a capire…

È un dono che non augurerei mai a nessuno.

Chi riesce a comprendere e ad intravvedere quel velo di tristezza, lo fa perché anche lui porta questa cicatrice.

Desidero che il sorriso non mi manchi mai, anche nelle peggiori situazioni. Il sorriso è tutto, lo possiamo donare ovunque e ci fa sentire VIVI!

E, come si dice, non costa nulla.

Desidero potermi sentire realizzata ogni giorno della mia vita!

Ebbene sì, voglio essere viva e circondarmi d'amore, d' allegria, di pace, di serenità.

In un bel castello fatato, dove tutte queste cose si possano realizzare! Malgrado tutti i nostri sforzi, non sempre vinciamo e la "Fine" della nostra favola è spesso tutt'altro che lieta.

Ho capito una cosa ed è importante: ho capito che devo ripetermi una piccola frase, ogni giorno: "ti voglio bene, Elisabetta!"

Volermi bene significa poter realizzare tutti i miei sogni e non smetterò mai di sognare!

Auguri, mia dolce Elisabetta!

L'Anima

L'anima è qualcosa d'invisibile, impalpabile.

Possiamo sceglierle un nome, un colore, un profumo.
Gioia e dolore. L'anima, quando piange, non fa rumore.
L'anima è un abisso, più immensa del mare, del cielo.
Sta a noi amarla, proteggerla, curarla.
La speranza è che un giorno ci renderemo conto che
l'anima lega tutto, mente e corpo.

La nostra anima si nutre in silenzio di luce, speranza, amore.

Soffre in silenzio e nessuno mai potrà vederla soffrire.
Non restiamo sordi al dolore della nostra anima.
Solo noi saremo in grado di proteggerla.

Una brutta giornata

Che giornata!

Questo freddo e quest'acqua portano solo nostalgia nel cuore.
È una giornata da stare in casa, sotto le coperte, con qualcuno vicino, qualcuno a cui vuoi bene, qualcuno che ti manca così tanto.
Purtroppo ti tocca stare da sola, con il pensiero fisso su quel qualcuno che ti manca così tanto.

A volte la vita non è giusta.

I troppi pensieri, i troppi ricordi ti invadono la testa e ti sembra che la pazzia sia sempre più vicina.

Il vuoto che senti dentro di te è immenso, come il mare, come le sue onde che ti bagnano i piedi, mentre cammini scalza sulla spiaggia.
È lì che vola il tuo pensiero, su quella spiaggia bianca, a quel momento magico, quando tu eri felice.

Ora, la solitudine che provi, da sola, a casa, sotto le coperte, è più pesante di qualsiasi altro dolore.
Non hai più lacrime per piangere e non riesci più a vedere la vita che ti aspetta fuori.
Piano, piano ti addormenti, stringendo tra le braccia il cuscino sul quale c'è ancora il suo profumo.

È passata anche questa brutta giornata!

Sogni

Ciascuno di noi ha dentro di sé un mondo fantastico, che può creare a suo piacimento.

Quante volte abbiamo sentito l'espressione: "sogno ad occhi aperti" e, magari, tutti noi ogni tanto la usiamo.

I sogni ci appartengono, fanno parte di quel nostro mondo non fisico, dove possiamo rifugiarci nei momenti più bui della nostra vita. Una cosa è certa: "nessuno ci può togliere i nostri sogni".

Sogniamo e viviamo ad occhi aperti; affrontiamo gli incubi con la forza dei sogni e, forse, questi ci aiuteranno ad avvicinarci ad una realtà più vicina ai nostri desideri.

Però, fate attenzione:
non vivete la vostra vita sempre in un sogno o immersi nelle fantasie più pure!
Cercate di fare un passo avanti ogni tanto, per rendervi conto che la realtà è diversa, è ben diversa!
Bisogna saperla affrontare con le mani e con i piedi!

Bisogna saper cavalcare le onde, come marinai in mezzo ad un mare in tempesta.

Bisogna acquisire le nostre energie dal sole, dal cielo, dall'aria che respiriamo, dalla natura che ci circonda.
Abbraccia la vita con il coraggio necessario. Non fermarti davanti al primo ostacolo, ripeti a te stesso: "ce la farò, sono in grado di farlo!".
Accetta l'inevitabile sconfitta e vai avanti. Sii generoso e buono con te stesso.

Accetta di cadere, ma rialzati, rialzati immediatamente.

Non sentirti sbagliato.
Accogli la tua vita ed accettati come sei. Impegnati per migliorare sempre, ma solo quella parte del tuo carattere che TU hai deciso di rendere migliore.

Sii fedele a questa vita; ama con tutta la tua forza; non farti togliere la libertà da nessuno e non imitare mai nessuno.

SII SEMPRE TE STESSO!

Buongiorno!

Buongiorno a chi la mattina si sveglia con un sorriso e lo regala agli altri, a chi vorrebbe portarsi la coperta dietro perché sente freddo.

A chi pensa cosa debba fare oggi,
a chi si gode una bellissima giornata,
a chi è immerso in mille pensieri.
A chi si fa il caffè,
a chi si sveglia presto e vede l'alba,
a chi va a lavorare,
a chi manda i figli a scuola,
a chi fa le pulizie,
a chi è in viaggio senza sapere dove andare,
a chi ha il cuore spezzato ed un altro giorno gli sembra una montagna da scalare,
a chi è malinconico,
a chi piange,
a chi è lontano,
a chi parla al telefono o manda il messaggino del buongiorno ad una persona speciale.

Insomma, buongiorno a tutti! Perché oggi è un nuovo giorno e sta per iniziare un nuovo viaggio, meraviglioso, quello della VITA che continua.

Diario

Vorrei farvi una confidenza.

In piena malattia non riuscivo a fare davvero nulla.
Quando ho ripreso un po' di forze, ho iniziato a scrivere un diario. Scrivevo tutto quello che facevo durante il giorno, i peggioramenti, i miglioramenti, cose positive e negative.

Scrivevo ogni cosa.

Devo dirvi che mi è servito proprio tanto. Soprattutto quando, di giorno in giorno, rileggevo i miglioramenti fatti.
Ero orgogliosa di questo, mi sentivo bene. Poi ho abbandonato questa cosa, un po' per impegni e un po' per altro, ma ora, quando apro quel diario, ricordo tutto, come se fosse adesso, e mi faccio i complimenti da sola (un po' presuntuosa, eh?).

Solo chi, come noi, vive certe cose, può capire veramente l'orgoglio di poter riprendere in mano la propria vita.

Provate anche voi a farlo.
Scrivete tutto quello che vi succede, tutti i disagi, tutti i problemi, tutti i vostri successi, anche nelle piccole cose.
Vi assicuro che è veramente gratificante.
Il mio diario iniziava così:
"Ad un'età un po' avanzata (40 anni), ha deciso di iniziare a scrivere un suo diario..."

Poesia di un amico speciale

Le solite parole ripetute all'infinito,
le solite strade attraversate di corsa,
le solite cose, la solita gente,
equilibrio inutile della monotonia,
rifugio estremo di una donna-bambina,

con i sogni affidati ad una nuvola ormai lontana,
arriva la sera e speri che sia già domani.

Trilly

Sono solo una piccola fata, gracile ed indifesa.

Accoglimi tra le tue calde mani e riempi il mio cuore con i tuoi sentimenti, il tuo amore, le tue gioie ed i tuoi sorrisi.

Credi in me con tutta la tua fantasia, vola con me nelle mie piccole ali. Non darmi freddo e gelo, che potrei sparire dai tuoi occhi.
Se le mie parole ed il mio calore non riescono a scaldarti il cuore, liberami leggera nell'aria.

Andrò alla ricerca di un'anima gentile che protegga la mia fragilità con le sue grandi braccia, riscaldando il mio cuore così delicato come un petalo di una rosa che, cadendo a terra, potrebbe essere calpestato.

Fata

Luce fatta di stelle,
scendi da me ed accarezza silenziosa i mie occhi tristi.
Guarda l'ombra delle mie cicatrici,
portale in alto a cercare quella serenità che presto verrà.

Tu che sei la fata più bella, tu, silenziosa e lucente,
cullami e fammi star bene.
Guidami nella tua luce per trovare la strada.
Tu che sei la fata più magica, canta quella melodia, che mi faccia
sognare ancora una volta.

Tu che sei piccola ed indifesa,
con le tue minute ali portami in alto, fammi volare.

Percorriamo insieme quella strada lunga e tortuosa,
persa e mai ritrovata.

Unisci la tua calda anima alla mia
ed i nostri cuori voleranno in alto senza lasciarsi mai.

Oh, mia dolce fata dorata...

"Leggenda delle fate", per chi crede nella fantasia

Narra una leggenda che la prima volta che un bambino ride, il suo sorriso si spezza in tanti piccoli frammenti scintillanti, che, volando via, si trasformano nelle fate.

Esse sono piccoli esseri alati dal corpo di donna, che vivono per aiutare le persone sensibili, quelle che hanno ancora nel loro cuore posto per i veri sentimenti.

Le fatine volano libere, dappertutto, nascoste ai nostri occhi, soprattutto tra i fiori e le foglie, rilevate dai tremolii e le scintille notturne.

Se vuoi avere l'aura protettrice di una fatina, scegline una e personalizzala così: mettile tre gocce del tuo profumo e dalle un nome che abbia l'iniziale del tuo nome, e che sia anche il nome di un elemento naturale: fiore, frutto, pietra, fiume...

La fatina sarà la tua protettrice.

Quando la luna sarà piena,

esponila ai raggi dell'astro magico,

spargile intorno qualche petalo del tuo fiore preferito,

chiudi gli occhi, esprimi un desiderio

e comincia a sognare.

Ricorda:

nel mondo del fantastico tutto è possibile,

nulla è certo.

"Non abbandonare mai le tue fantasie"

Amore vuol dire anche sofferenza

È tutto finito, nonostante ci amassimo ancora.

Le cose cambiano, noi cambiamo, ma l'amore eterno non muore mai. Sarai sempre la parte più bella di me e, chissà, un giorno, forse, tutta questa sofferenza passerà, come un brutto sogno.

****

Cerchiamo, tentiamo fino allo sfinimento di recuperare un amore importante. Sostengono tutti che in ogni coppia, in ogni amore, ci saranno sempre i periodi di crisi.

A volte sembra più facile scappare dal dolore e dalla sofferenza, anziché battersi con tutte le proprie forze per recuperare una storia importante. Il nostro impegno è di non arrenderci mai, se alla fine vale la pena di salvare un grande amore!

Un brutto periodo

Sta per finire, finalmente, questo periodo di tensione ed inquietudine che ci ha messo "a tu per tu" con noi stessi, passando anche attraverso faccende affettive e personali.

Le sensazioni di disagio vissute ci sono apparse davvero eccessivamente lunghe, ma questo faceva parte del gioco.

Arrivano momenti di vita in cui certe esperienze sono inevitabili, esperienze che ci "strizzano, come una lavatrice", ma che poi ci permettono di crescere e diventare sempre più FORTI.

Solo dopo, quando tutto è passato, ci si rende conto che la vita ha scelto per noi il canale più logico, per esortarci a fare un successivo passo avanti, per diventare più consapevoli.

Ecco che adesso torna il sereno e potremo davvero essere più consapevoli della nostra realtà di vita personale.

Per esempio, di ciò che è giusto fare e come eventualmente agire, per regalarci esattamente quello che vogliamo e desideriamo.

Una poesia per me

Ho conosciuto bene Elisabetta, ragazza bella e molto schietta e sensibile.

Dolce e delicata.

Un peccato non averla prima incontrata.

È un vero piacere parlare con lei. Ha un carattere bellissimo, direi.

 È una donna forte e coraggiosa e di parole buone è dispendiosa.

È una mamma amorevole ed affettuosa, moglie perfetta e premurosa. A volte ha qualche indecisione ma affronta le paure come un leone. Che dirti oggi in questo giorno speciale?

Che la tua favola si possa realizzare e che il tuo essere pieno d'amore cancelli ogni ferita che hai nel cuore.

Buon Compleanno, amica mia.

"Lorella Ruggieri"
Grazie, amica mia, di cuore

Scelte

Ogni giorno la vita ci mette davanti a muri insormontabili:
innumerevoli scelte, alcune semplici, banali;
altre più complesse e molto difficili.

Queste scelte avranno, comunque,
una grande importanza sul nostro futuro e, magari,
anche sul futuro di altre persone.

È importantissimo avere chiari i "valori",
quei valori che portiamo in fondo al nostro cuore
e che girano nel cerchio della vita.

Utilizziamo tutti questi valori per costruire le nostre scelte
ed il futuro che ci attende.

Il tempo è inesorabilmente poco; non perdiamolo di vista.

Le nostre possibilità

Le nostre possibilità sono in ogni istante, in ogni dove;
mantenendo stretti a sé l'Amore,
la Fiducia della propria Vita.

Sempre con Umiltà, ma anche con Sicurezza,
affrontiamo a testa alta questa nostra Vita.

Se percorriamo un sentiero tortuoso di montagna,
pensando che sia difficile da oltrepassare, fermiamoci un attimo
e ripetiamo a noi stessi: "Ce la posso fare!"

Se volteggiamo su una barca in balia delle onde,
affidiamoci al mare ed alla sua immensa bellezza,
facciamoci cullare; lui saprà dove portarci.

Gli ostacoli nella vita ci saranno sempre ma,
procedendo a piccoli passi ed osservando con attenzione
quello che veramente vogliamo e desideriamo,
alla fine i nostri traguardi arriveranno.

Osserva te stesso con attenzione
e pensa a quello che sei capace di fare.
Tutti abbiamo le nostre possibilità:
non esitare, ascoltati,
segui il tuo cammino
ed ama con tutto te stesso.

Le nostre paure

"Paura della paura":
le paure che ci fermano,
le paure che non ci fanno riuscire a fare ciò che desideriamo,
le paure che ci fanno sentire delle nullità,
le paure che non ci fanno diventare adulti,
le paure che ci paralizzano,
le paure dei nostri insuccessi…
La nostra paura è sempre lì in azione, dietro l'angolo!
Schiacciamo questo interruttore;
non è mai troppo tardi per mettersi in gioco.

Non scoraggiamoci mai, anche se cadiamo.
Il successo ed il fallimento sono due facce della stessa medaglia.
Ricordiamoci sempre che
"per arrivare in paradiso si passa attraverso l'inferno."

Alimentiamo i nostri pensieri sempre con la consapevolezza che,
senza sacrifici o cicatrici indelebili,
si finisce per concludere poco nella vita.
Non arrendiamoci mai "alla paura"!

Alcune pillole di saggezza

"Impara la regola delle tre "A":

Accettarsi, **Approvarsi** ed **Amarsi**, a prescindere dai risultati ottenuti!"

"La vita è l'arte dell'incontro tra perfezione, forma e colore."
"L'ottimismo non è dovuto alla cecità davanti ai problemi, ma nasce dalla certezza che esiste sempre una soluzione."

"Credi in te stesso, fidati del tuo cuore, combatti contro tutto il resto!" "Ogni tanto tiro un calcio a tutti i problemi e mi lascio andare alla gioia di vivere."

"A piccoli passi, puoi superare qualunque difficoltà."

"Ognuno di noi è un'opera d'arte.

Non sarà mai amata da tutti, ma, per chi ne coglierà il senso, avrà un valore inestimabile."

"Tieniti strette le persone che ti fanno ridere, perché è raro trovarle. Chi ti fa piangere lo troverai ad ogni angolo!"

"Saper parlare è raro, saper tacere è saggezza, saper ascoltare è unico."

"La vita va vissuta, non sprecata, quindi anche se qualcosa ti fa male, indossa il tuo migliore sorriso e vai avanti!"

"Nessuno può farti sentire inferiore senza il tuo consenso!"

"Non possiamo mai giudicare la vita degli altri, perché ogni persona conosce solo il suo dolore e le sue rinunce."

"Mai più lacrime per ciò che non si è fatto ieri, ma solo sorrisi per ciò che si farà domani."

Citazioni preferite:
"Non si vede bene che col cuore, l'essenziale è invisibile agli occhi."
Antoine de Saint-Exupéry

"Prendi in mano la tua vita e fanne un capolavoro."
Giovanni Paolo II

Perché proprio a me?

Sì, anch'io mi sono posta questa domanda nel 2007, quando ho scoperto di soffrire di "attacchi di panico".

In quanti ci facciamo questa domanda?

Ancora oggi, alle volte, faccio fatica a capire.

Ma da tutto questo dolore, con fatica e con tanta sofferenza, sono riemersa, con la voglia e la forza di andare avanti, sempre e comunque, sempre per vincere.

Darò sempre coraggio a tutti quelli che soffrono di questi terribili disagi.

Per far sì che non si arrendano mai, per andare avanti nella loro battaglia.

Quando mi sentivo dire:

"Elisabetta, sei forte, ce la farai!"

Dentro di me pensavo: "come sembra facile parlare e dare forza agli altri! Difficile diventa trovare la forza dentro di noi!".

Ma poi, IO, CE L'HO FATTA!

Con una grandissima forza di urlare al mondo che non siamo soli. Che tutti possiamo trovare la via giusta per uscirne.

Non domandatevi troppi "perché".

A volte, la vita ci mette davanti dei muri insormontabili.

Dobbiamo affrontarli a testa alta, sempre.

MAI MOLLARE! ೞ ೞ ೞ

Sorridi!

Sorridi ora, in questo istante, alla vita.

Sorridi al passato, ai giorni belli ed a quelli brutti.

Sorridi al domani che dovrà arrivare.

Sorridi alle tue lacrime, che presto si asciugheranno.

Sorridi a quelle piccole cose, mai osservate e che ora sembrano immense.

Sorridi a questo nuovo giorno.

Siamo qui ora solo per VIVERE!

Tu

Tanti ci vorrebbero diversi da come siamo, perché così non gli stiamo bene.

Chi non vorrebbe cambiare qualcosa negli altri?

Perché poi avere queste pretese?

Le persone vanno accettate per come sono, è questo che le rende UNICHE e SPECIALI!

Perché dovremmo essere noi sempre a comprendere?

Ogni tanto i nostri stati d'animo potrebbero capirli anche gli altri?

Si ripete spesso: "ma io sono fatto così"…
Non è una buona giustificazione!
Anche NOI siamo fatti così!
Non per questo siamo egoisti!

Non cerchiamo mai di cambiare gli altri, cerchiamo di accettare e comprendere, ma sempre da entrambi le parti.
Mai a senso unico!

A volte vorremmo essere diversi.
Per far contenti gli altri?

Abbi fiducia, resta sempre te stesso…

Così la persona più contenta in assoluto sarai TU!

Testa alta e avanti. Affronta la vita.

Combatti, non darti mai per vinto;

cadrai, non importa,
rialzati e prova di nuovo,
piangerai, non importa,
asciugati le lacrime,
un respiro profondo e vai,
fronteggia ogni cosa,
sii sicuro solo di te stesso e della tua forza.

Nel bene e nel male il bello è sempre raggiungibile, basta scorgerlo
senza paure.

Perché, ciò che vale veramente, è tutto dentro di te.
Sì, alza la testa ed affronta la vita!

Voglia di ricominciare

Non lasciare che il buio copri il tuo giorno.
Apri la porta ed esci alla luce dei tuoi pensieri più belli.

Allunga il tuo passo che è diventato lento, pigro, passo stanco,
oppresso da questo buio che viene a trovarti, anche se indesiderato.

Fai spazio, a chi vuole vederti sereno.

Dai al tuo viso una cornice di voglia di esistere,
voglia di combattere, voglia di annullare la malinconia.

Non soffocare la tua voce, grida, urla,
se questo serve per scacciare tutto il male che senti dentro.

Non isolarti,
non annullare tutti coloro che ti vogliono bene,
pensando che nulla possono fare.
Perché così non è.

Tu sai chi sono,
sai che con il loro amore
possono aiutarti a vincere sul buio.

(Parole di un Angelo)

Un giorno come tanti.

Un giorno come tanti,
un giorno fatto di 24 ore,
un giorno per sorridere e per piangere,
un giorno per essere forti e per essere fragili,
un giorno per affrontare le nostre paure e per tirarsi indietro,
un giorno pieno di speranze e delusioni,
un giorno come tanti.
Un giorno alla volta,
il mio giorno alla volta
dove ogni emozione si libera dalla mia mente
e non cerco di trattenerle,
aspetto che arrivi la sera e tutto si placa,
tutto ha un senso,

"il senso della vita".

La mia favola.

C'era una volta una principessa triste che si era dimenticata cosa significasse vivere, non mangiava più, non usciva più, non parlava più con nessuno e non riusciva nemmeno a prendersi cura di se stessa.

Era diventata una piccola insignificante larva anche difficile da accudire per chi gli stava vicino.

I giorni passavano in fretta e la principessa non trovava nulla per cui valesse la pena tirare fuori quella forza necessaria per poter di nuovo tornare a sorridere.
Passò l'inverno chiusa in casa, tutti intorno a lei ripetevano che fuori c'era la sua vita che l'aspettava, passò la primavera e a malapena la principessa riusciva ad affacciarsi dalla finestra per vedere i fiori sbocciare.

Arrivò l'estate, calda, troppo calda per lei, e il suo corpo iniziava a cedere.

Un bel giorno alla sua porta bussò un ragazzino, biondo con gli occhi azzurri.
Con un viso solare e felice.
No! Cosa avete capito non era il principe azzurro!
Lui si avvicinò, appoggiandosi alla porta, chiese alla principessa
"Ciao Principessa sono venuto a chiederti se volevi uscire a fare una passeggiata"
La principessa, sbalordita, malconcia e in pigiama, rispose:
"Ciao, no, io non esco da casa da oltre due stagioni, come puoi pensare che io possa oltre passare questa porta?
Ho paura!"
Il ragazzo con una certa insistenza di nuovo:

"Principessa, devi farti bella, truccarti, metterti il tuo vestito più bello e devi uscire con me!"

"Accidenti, insistente il tipo qui, ma che vuole da me?"

La principessa borbottava arrabbiata dentro di se, ma il ragazzo non faceva un passo, era sempre fermo lì con un braccio appoggiato alla porta e non si muoveva di un millimetro.

Ad un certo punto con voce sostenuta la principessa urlo

"Io non esco, ho paura, non mi vesto, non mi trucco, non voglio fare un bel nulla! E poi perché dovrei uscire con te? "

Il ragazzo sorrise vedendola cosi arrabbiata, dopodiché la fece affacciare dalla porta e le disse:

"Principessa, io non sono venuto per aiutare te ma, sono venuto perché sono io ad avere bisogno di te, la vedi quella lì fuori, è la mia carrozza, purtroppo si è fermata e, visto che Dio non mi ha donato del tutto l'uso delle gambe, è il mio unico e indispensabile mezzo per muovermi.

Guardandoti dalla finestra ho pensato che eri la persona adatta per aiutarmi, eri lì senza far nulla, guardavi il soffitto, quindi mi sono chiesto perché no, sarebbe bello passeggiare insieme e farmi spingere la carrozza da lei."

La principessa smarrita completamente, i sensi di colpa che la divoravano "Come ho fatto a non capirlo?

Ma come è possibile un ragazzino così bello, solare, come è possibile?

E ora cosa faccio? Non mi posso rifiutare!

Lo devo aiutare, mi devo vestire, lavare, truccare!

Ho un aspetto di uno zombie non posso uscire così!"

E la sua mente, i suoi pensieri pian piano iniziarono ad andare altrove, a quel ragazzino biondo con gli occhi azzurri che non poteva correre come tutti i ragazzini normali.

Si preparò, si affacciò dalla porta e il ragazzino le disse

"Sei pronta a portarmi a fare una passeggiata?
Non farmi fare brutta figura principessa, guida bene la mia carrozza!"

Da quel preciso istante dentro alla testa della principessa scattò qualcosa di immenso, qualcosa di magico, quella *"inarrestabile voglia di vivere"*.

Il suo angelo biondo con gli occhi azzurri gli aveva aperto la via, quella via chiamata *"dono"*, il grande dono della vita, da amare con tutte le sue sfaccettature.

(Grazie Angelo biondo dagli occhi azzurri) ♡ ♡ ♡

Auguri mio grande uomo

Tu sei quello che la mattina mi fa alzare e trovare quella voglia di vivere, tu sei quello che mi fa sorridere, anche se tutto va male, tu sei la persona che riesce a capirmi anche solo da uno sguardo, sei quello che mi fa trascorre giornate dolcemente piacevoli, sei quello che la sera mi fa addormentare contenta. Tu sei tutto quello che desidero insieme al nostro più grande amore (nostro figlio).

Tu sei la mia vita quella vita che niente e nessuno può capire.

Io e te insieme siamo un'unica cosa.

Il nostro muro.

Gli attacchi di panico arrivano e all'improvviso si innalza un muro davanti a noi.

Arrivano con uno "**STOP**" immenso, ora ti devi fermare, la vita che stai vivendo non è quella che hai deciso tu, non sei in grado più di proseguire, fermati e osserva il tuo "**MURO**".

Che cosa lasci fuori dal tuo muro? Cose belle, brutte, delusioni, scelte difficili, tristezza... No!
Questa non è la nostra vita, è ora di cambiare, è ora di tirare fuori la vera parte di noi stessi.

Piano, piano iniziamo a scalare questo nostro immenso muro, alle volte scivoliamo e torniamo al punto di partenza e proprio in quel momento non dobbiamo mollare, tiriamo fuori tutta la nostra forza e iniziamo di nuovo fino a quando non arriveremo in cima.

Da lassù guardiamo oltre a questo muro, cosa vediamo?
Tutte quelle emozioni che non percepivamo più, quelle piccole felicità, l'immensa bellezza di tutto ciò che ci circonda, ascoltarsi anche nella propria solitudine, saper ascoltare il prossimo, quell'arte magica che in pochi sanno fare, tendere la mano a chi ha bisogno, tutte queste sfumature, colori, profumi e suoni, che in un tempo passato forse abbiamo del tutto dimenticato.

**Torniamo ad essere parte integrante
di questo mondo!**

"Tutto comincia in un attimo,
in un giorno qualunque della vita...
quando meno te lo aspetti."
Romano Battaglia

CHI NON SCAVALCA QUEL MURO ...

NON RIUSCIRÀ MAI A VEDERE OLTRE!

Urlo...

Urlo e nessuno mi sente,
urlo la mia tristezza in silenzio
e nessuno guarda dentro i miei occhi cosa provo,
urlo il silenzio quel silenzio per non farmi sentire,
un dolore invisibile.
Quello dell'anima,
un'anima che soffre
e non capisce più cosa veramente vuole, cerca...
L'anima non si cura,
l'anima non si percepisce,
non si sente...
nessuno è in grado di fermare il dolore della propria anima...
spetta solo a noi stessi saperla proteggere
e far sì che non soffri.
Urlare qualcosa di invisibile...
purtroppo succede e non possiamo farci nulla...

Ricordi...

I ricordi sono come dei guardiani vigili della nostra memoria.

Sono lì cercando di preservare le nostre gioie, i nostri dolori, i nostri amori.

È dal nostro passato e dai nostri ricordi che ci ritroviamo qui ora in questo presente, dove siamo diventati più forti o più deboli?

E dai nostri ricordi che mattone su mattone abbiamo costruito questa nostra casa chiamata "memoria".

I ricordi non potranno mai invecchiare da soli ma resteranno al nostro fianco per sempre.

Riposano in fondo al nostro cuore come dei momenti indelebili della nostra vita, saranno sempre lì da qualche parte e ogni tanto, verranno fuori, come dei piccoli flash ma, nitidissimi torneranno a galla e allora a quel punto ci soffermiamo un attimo e pensiamo…

"Voglio tenermi stretto questi ricordi, belli o brutti".

Sì, perché loro faranno parte sempre della nostra vita e in quella notte buia dove, magari la tristezza arriva all'improvviso, possiamo sempre guardare in alto e ammirare le stelle, e ogni piccolo frammento di luce sono tutti quei piccoli ricordi che da lassù proteggono la nostra anima e rendono vivo il presente senza mai invecchiare.

Un fiore chiamato "Cuore"

Il nostro cuore è come un fiore da curare.

Non basta piantarlo in un terreno e aspettare che cresca, bisogna annaffiarlo, curarlo ogni giorno, donargli quella luce necessaria per far sì che diventi bellissimo.

Ogni giorno ammirarlo, amarlo riempirlo di attenzioni, afferrare quei suoi piccoli particolari che solo un occhio attento può notare.

Alle volte possiamo fallire, non ci rendiamo conto che forse dal grande impegno ci aspettiamo sempre qualcosa in cambio e, allora quel nostro bel fiore può appassire e perdere la sua grande bellezza.

Il nostro grande fiore è tanto forte quanto fragile...

Assorbe ogni cosa, tristezza, delusioni, pregiudizi.

Spetta solo a noi saperlo curare, amare, proteggerlo ogni giorno della nostra vita, questo gran fiore chiamato "cuore" ha bisogno di noi e del nostro amore per continuare a battere sempre più forte!

Panico? No grazie!

Ma quante persone darebbero la vita per stare così come stiamo ora NOI? Lo so che forse mi prenderete per pazza e io come voi sono la prima ad aver sofferto di questi disagi, di aver conosciuto l'inferno per poi tornare piano, piano alla luce!

Non LAMENTIAMOCI SEMPRE GUARDIAMO OLTRE di panico e di ansia non si muore!

E sapete quante persone darebbero la vita per stare ora come stiamo noi? moltissime!

Quindi datevi da fare ok?

Chiedete aiuto, seguite una terapia, seguite un percorso, avete bisogno di una cura farmacologia? Allora prendete le medicine! Non dite sempre: "oddio non ce la posso fare!"

Io ho conosciuto l'inferno e credetemi piano, piano sono riuscita a farcela!

SI! Ho chiesto aiuto! La prima cosa da fare è quella.

"Accettare di avere un problema e poi chiedere aiuto!"

Se non volete farlo molto probabilmente non volete uscirne!

Sono dura, lo sono sempre stata da quando porto avanti questa battaglia, ma, è solo per farvi capire che se state lì seduti in quella sedia o dietro ad un monitor sperando che tutto si risolva, non risolvete un bel nulla!

La sola forza in assoluto siete voi!

A tutt'oggi non esistono cure miracolose, tutto ben venga ma, se la cosa non parte da voi, nessuna cura potrà fare effetto!

In ogni cosa che portate avanti per stare meglio, qualsiasi cura porterete avanti, l'importante è partire da noi stessi! Sempre!

Amico mio

Amico mio,
non cercare mai di cambiare gli altri, accetta loro come sono e loro accetteranno te.

Non voler cercare amore a tutti i costi, l'amore ci fa grandi quando abbiamo la forza di donarlo.

Non perdere mai le speranze e non lottare per chi non lo merita.

Cerca di essere sempre te stesso.

Non perdere mai il sorriso.

Segui il tuo cuore egli non sbaglia mai.

Amati con tutte le tue forze.

Il tuo migliore amico su questa terra sei tu!

Devi volerti bene, coccolarti, amarti, ridere di te stesso, ballare e cantare anche se non hai nessuno vicino.

Facciamo lavorare i nostri muscoli più belli…

Il cuore per amare, la bocca per diffondere parole buone e sorridere sempre, gli occhi per ammirare quante cose belle ci sono in questo mondo, il naso per assaporare quei profumi di un nuovo giorno.

Amati e sarai ripagato sempre con la tua stessa moneta… L'amore!

A volte ci vuole coraggio...

Perché a volte ci vuole il CORAGGIO di essere davvero FELICI, di raccogliere un momento ordinario e trasformarlo in epico. Ci vuol coraggio a ridere di gusto di fronte a questa vita, ci vuole forza per scartare il negativo e portar dentro solo il meglio, conservare solo l'essenza della gioia. E quel coraggio ce l'abbiamo dentro, è tutta una questione di SCELTA!

Anton Vanligt

...

È tutta una questione di SCELTA! Si queste parole mi fanno riflettere! Fin da piccoli siamo costretti a fare delle scelte nella nostra vita, all'inizio più piccole ma poi crescendo le scelte diventano sempre più importanti.

E allora che facciamo ci possiamo fermare? Possiamo fermare il tempo che troppo inesorabilmente passa in fretta? No! Non possiamo purtroppo, quindi non aspettiamo di trovare un "manuale" dove poter leggere come trovare la nostra felicità, siamo noi stessi a doverlo fare, a sforzarci ogni istante che passa.

Come le parole di Vanlight: "ci vuole forza per scartare il negativo e portar dentro solo il meglio"...

Si, ci vuole tanta forza ma non pensiamo di trovarla altrove la nostra forza, la possiamo trovare solo dentro di noi e non abbattiamoci per le cose negative anche da lì può nascere sempre qualcosa di positivo, basta guardare il tutto da una prospettiva diversa, aprire quella finestra chiusa e far entrare un po' di luce nella nostra vita. Il mondo sarà sempre pieno di ostacoli, pieno di spine da togliere e allora iniziamo a piccoli passi togliendo queste spine, facendole diventare solo delle meravigliose rose.

Decidiamo di essere felici e sorridere alla vita!

Noi...

La nostra pazienza, il nostro saper piangere in silenzio, andare avanti con il timore di sbagliare ogni volta, essere giudicati per quello che non siamo ma solo per la nostra apparenza, mostrarsi sempre forti con questa corazza intorno creata dalle nostre delusioni, dalle nostre cicatrici, dai nostri fallimenti, dalle nostre ansie.

Vivere il presente imparando dagli errori del passato, guardare il futuro con occhi incerti ma, con un cuore grande, in grado di donare così tanto, un sorriso, un abbraccio, una carezza, una parola buona.

Non abbiamo bisogno di un "grazie", chi come noi dona tanto amore, nulla vuole ricevere in cambio, prima o poi la vita sarà in grado di donarci cosa veramente desideriamo e sogniamo.

Auguri mio piccolo uomo...

Nella mia vita qualcosa di molto importante l'ho
fatto... ho messo al mondo lui...
Ho fallito tantissime volte, ho sbagliato tantissime
volte ma, ora ho capito che la tanta sofferenza, la
tanta tristezza, non potrà mai abissare cosa provo in
questo preciso momento, la sua vita è la mia e mai
nessuno potrà oltrepassare questa cosa…
Nella vita nulla è scontato, ognuno di noi ha delle
cicatrici dentro che nessuno mai potrà guarire ma,
una cosa possiamo farla, pensare che ci sia sempre
una possibilità per migliorare, per cambiare, per
chiudere quei cassetti che rimasti aperti per troppo
tempo, ci hanno portato solo dolore…
Voglio essere me stessa e amare chi veramente lo
merita, chi ogni giorno anche con piccoli gesti ti
dimostra che per lui sei tutta la sua vita….

Auguri piccolo uomo
sei tutta la mia vita!

La mia vittoria!

Lasciamoci andare ogni tanto, pensiamo a quante cose da offrirci ha questa vita alle volte dura, difficile, tremenda, ma guardiamoci intorno ammiriamo quante piccole cose possono essere immense, siamo qui in questo mondo abbiamo solo un'opportunità non abbiamo una seconda scelta!

Quindi,

VIVI QUI E ORA! SII FIERO DI TE SEMPRE... TU VALI TANTISSIMO, LA TUA VITA VALE TANTISSIMO!

IO VALGO E MI PIACCIO PER COME SONO! ADORO I MIEI DIFETTI, I MIEI PREGI, IL MIO PANICO CHE OGNI TANTO ARRIVA E SI FA SENTIRE... MA IO SONO FORTE MOLTO PIÙ FORTE DI LUI... QUINDI CARO AMICO PANICO ARRIVEDERCI E GRAZIE!

VI ABBRACCIO FORTE

NON MOLLATE MAI

Non ha prezzo

Non ha prezzo...

Una cosa che non ha prezzo non si compra.
Non si compra l'amicizia,
l'amore,
l'affetto.
Non si compra la sensibilità,
le carezze,
gli abbracci
e i baci.
Non si compra un raggio di sole,
il rumore del mare,
il ticchettio della pioggia,
il volo di una farfalla,
il profumo dei fiori.
Non si compra il sorriso di un bimbo,
il respiro dell'anima,
la brezza che scompiglia i nostri capelli,
i colori che ci circondano.
Tutto ciò c'è stato donato gratuitamente...
Pensiamoci e approfittiamo di più di tutto quello
che è alla nostra portata senza prezzo.
Godiamoci i momenti di tenerezza,
siamo grati per quello che ci viene offerto, e sentiamoci felici...
senza nessun prezzo...
solo con la luce del nostro cuore innamorato della vita.

♪♫ ♪♫ ♪♫♪♫ ♪♫ ♪♫

La cattiveria

La cattiveria fa paura, perché ti isola dal mondo, perché ti fa portare dentro un sentimento d'odio profondo, capace di farti perdere lucidità... non ti fa vedere, non ti fa sentire, non ti fa capire … prima di tutto fa male a noi stessi. La cattiveria è pericolosa, a volte si colora di diverse sfumature, una di queste è l'invidia, capace di manipolare ogni nostro pensiero.

La cattiveria è qualcosa che tutti conoscono, ma sulla quale forse non si riflette abbastanza.
La cattiveria è intelligenza e furbizia, è frustrazione, insoddisfazione, ma più di ogni altra cosa è infelicità.

Un malinteso senso della bontà ci fa pensare che sia sinonimo di debolezza; perfino la parola è un po' fuori moda; "quello è un buono": nella nostra mente il tipo appare anche un po' tonto.

Essere buono non significa affatto essere privi di grinta. Al contrario, invece di starsene con le mani in mano, chi è autenticamente buono, lotta contro l'ingiustizia. Lottare significa essere malvagi? Non credo proprio.

La bontà può essere molto impegnativa.
Buono è chi sceglie volta per volta quel che deve o non deve fare ed è capace di dire tanti no.

Solo un pozzo ricolmo di acqua può offrirne senza risentirne, una pozzanghera non potrà mai privarsi della propria acqua senza farlo pesare su chi la riceve.

La forza, la potenza di una persona ricca nel cuore e nell'anima non ha eguali sulla terra...

Siamo presi da mille cose: impegni, problemi, e distrazioni...

FERMATI UN ATTIMO E RIFLETTI...

Concediamoci un po' di tempo per dimostrare la nostra bontà d'animo!

Guardiamo vicino o lontano a noi, c'è sempre chi ha bisogno di un sorriso, di un abbraccio, di una mano! Di una parola di conforto di un messaggio … facciamo sentire la nostra presenza a chi ne ha bisogno!

Ovunque voi vi troviate emanate
AMORE e BONTÀ

Provate e vedrete quanta energia entrerà in voi!

La cattiveria può trionfare all'inizio oppure a metà cammino, ma la bontà vince sempre alla fine ma per sempre!

Saper ascoltare...

Saper parlare è raro...
Saper tacere è saggezza...
Saper ascoltare è unico...
Solo chi sa ascoltare davvero può vivere a pieno ogni giornata.

Ecco una piccola storiella:

"C'era una volta un pover'uomo che chiedeva qualche spicciolo all'angolo di una strada. Era conosciuto da molti negozianti e passanti della zona come una persona mite e che non dava assolutamente alcun fastidio: si limitava con molta discrezione ad esporre il suo cappello ed un breve biglietto per raccontare la sua storia. Con regolarità passava da lui un signore molto distinto, che si fermava a parlare con lui. All'inizio nessuno dei vicini ci fece caso, ma poi questa presenza periodica iniziò ad attirare l'attenzione. Qualcuno notò che questo signore, sempre ben vestito, non lasciava mai neanche un soldo, e così incominciarono a circolare critiche di tutti i generi sulla "tirchieria" di questo personaggio. Tuttavia l'ometto sembrava sempre molto contento di vederlo. Una volta uno dei negozianti presso cui il nostro ometto stazionava, dopo che il signore distinto fu andato via, gli chiese: "Come stanno andando le entrate oggi?" "Molto poco... anzi quasi nulla..." In quel momento passò una signora che lasciò qualche centesimo... Al che il negoziante aggiunse con una punta di sarcasmo: "Certo però che se almeno quel signore così distinto ti desse una frazione dei suoi averi, potresti evitare di stare qui tutto il giorno..." "Oh, no, non è così – rispose l'ometto – Sai chi è quello? Quello è il presidente di una grande società: per parlare con lui la gente fa la fila per settimane. Ogni minuto del suo tempo vale un sacco di soldi..." "E allora? A maggior ragione dovrebbe dare di più..." "Ma lui dà di più... Mi dona ogni giorno il bene più prezioso che ha una cosa che non si riguadagna: un po' del suo tempo per ascoltarmi

e per farmi sentire importante per qualcuno… È qualcosa che non po-
trà più avere in nessun modo, perché il tempo non ritorna…"

Quante volte diciamo a qualcuno di non avere tempo per ascoltar-
lo… quante volte ascoltiamo distrattamente, magari assorti nei nostri
pensieri…

Troppo spesso riceviamo passivamente i segnali che ci vengono
inviati, ascoltare è in realtà molto più che il semplice sentire.

Dedicare un po' del proprio tempo all'ascolto sincero è uno dei più
bei regali che si possa fare, agli altri ed a se stessi.

Abbiamo due orecchie ed una bocca…

Impariamo a rispettare le proporzioni!

La notte

Ecco … la penna che scorre da sola su questo foglio bianco. Una di quelle serate con la mente piena di pensieri che volano come piume nell'aria…

Pensieri positivi, negativi chi l'avrà vinta stasera?

Provo a concentrarmi solo su quelli positivi ma, alle volte è veramente tanto difficile.

Eppure la vita è questa, alle volte ci mette davanti a delle decisioni, dei cambiamenti e dobbiamo saper affrontare il tutto.

Non sarà mai facile, tutto è come un'immensa montagna da scalare e non vedere l'ora e il desiderio di arrivare in cima per guardare lontano... quell'orizzonte con un panorama fantastico…

Si ce la posso fare, scalare questa montagna e godermi lo spettacolo.

Non mollerò mai voglio solo poter inseguire tutto ciò che mi faccia stare bene e se vorrà dire scalare una montagna infinita inizierò il mio percorso senza mai voltarmi indietro!

Buongiorno ANIMA BELLA!

Che tu sia sola nel tuo letto o abbracciata a qualcuno a cui vuoi bene...

Che ti sia appena svegliata dopo un lungo sogno oppure dopo non aver dormito...

Che tu sia triste o felice...

Che tu sorrida davanti allo specchio...

Buongiorno ANIMA BELLA che sei a lavoro o che hai voglia di rimanere a casa tutto il giorno...

Che svegli il tuo bimbo con un bacio e una carezza...

Che canti e balli, sotto la doccia o in macchina…

BUONGIORNO perché fuori c'è il sole...

Qualcuno ha voglia di vedere i tuoi occhi, sentire il tuo sorriso, guardare il tuo sguardo...

C'è un mondo fuori che ti aspetta, che ti spaventa, che ti protegge, che ti accoglie…e tu sei parte di esso.

La vita è bella!

Buongiorno ANIMA BELLA!

Il cantautore ha dichiarato riguardo al brano "Non appena vai in crisi, c'è sempre qualcuno che verrà a dirti che non è il caso di abbattersi, che un giorno le tue pene farai fatica perfino a ricordarle... e tu sai che è vero, ma sai anche che quella è l'ultima cosa che in quel momento vuoi sentirti dire".

Si è vero! La cosa che ci dà più fastidio in quei momenti è sentirci dire "dai che passa tutto"...

Poi però ci rendiamo conto che con il tempo tutto può cambiare, modificare, migliorare.

Lasciamo passare questo tempo e le nostre ferite guariranno, alcune rimarranno dentro come segni indelebili ma saranno solo un vago ricordo di un dolore passato.

Cerchiamo sempre di trovare un lato positivo e di non farci mancare mai il sorriso.

I giardini che nessuno sa

Quella facciata che ogni tanto mettiamo per apparire forti, indistruttibili, capaci di tutti, sorridenti allegri, poi alla fine dentro di noi una tristezza immensa, quella tristezza che solo chi ci conosce bene può comprendere, quella luce spenta nei nostri occhi, la nostra anima che soffre ma, solo chi ci comprende può capire.

E come dice una famosa canzone di Renato Zero "I giardini che nessuno sa". Noi siamo in questo immenso giardino che forse mai nessuno potrà capire.

Io, credo fermamente che questo giardino possa diventare colmo di rose bellissime con le loro spine ma pur sempre qualcosa di meraviglioso!

La notte arriva

La notte arriva, ci sentiamo persi nel buio, e allora cosa facciamo?

La nostra mente inizia a pensare inesorabilmente verso mete oscure, quelle mete che ci fanno tanto paura e il nostro cuore inizia a battere forte, sempre più forte come se volesse uscire dal nostro corpo. E allora che facciamo? Cerchiamo di portare la nostra mente altrove a qualcosa di positivo, a qualcosa di bello, a qualcosa che possa farci passare questo temendo disagio di paura dentro! Proviamoci respiriamo con calma, cerchiamo di guardarci intorno cosa c'è che ci spaventa?

"NULLA", non c'è niente che possa farci stare così e, allora per quale motivo dobbiamo provare tutto questo?

Ogni sera prima di addormentarvi pensate a qualcosa di positivo, anche solo ad un raggio di sole che avete notato durante la vostra giornata, un sorriso di un bimbo, un cane che abbaia, il vento tra i vostri capelli, assaporate ogni vostro istante quello che ci dona la natura e tutto ciò che ci circonda. Prendete solo il bello di queste cose.

Il male lasciatelo fuori dalla vostra vita, sempre!

Fermiamoci un attimo.

Questa voglia di arrivare sempre primo,
questa voglia sempre di essere importanti,
questa voglia sempre di piacere a qualcuno,
super donna, super uomo…
No, vi sbagliate non serve a nulla…
Nella vita quello che conta è la semplicità,
è possedere quei valori perduti da tanto tempo,
l'affetto, l'amore, una parola "gentile", una carezza, un sorriso….
Pensiamoci un attimo …
Corriamo sempre troppo e,
purtroppo è la vita che ci porta a questo…
Fermiamoci un attimo a pensare cosa veramente sia importante
per noi…e,
proviamo ad andare avanti con dei principi sani….

Dare una definizione al termine "Volontariato"

In maniera predominante, ci sono queste tre parole:
TEMPO – DONARE – PROSSIMO.
Usiamo il termine TEMPO per sottolineare che in una società caotica, cinica, materialista, dove il tempo significa denaro ed egoismo NOI NO, noi andiamo controcorrente, usando il tempo per portare un po' di aiuto a chi ne ha bisogno. In questo modo riceviamo la gratificazione del fabbisogno più grande, che è quello di nutrire la nostra ANIMA, componente fondamentale di noi stessi.

Moltissime volte l'essere umano la dimentica, (per non dire la perde!!!), ma, per fortuna, in un volontario l'anima viene sempre nutrita.

Usiamo il termine DONARE,
molto legato al discorso precedente,
sfruttando risorse molto importanti come il tempo, non per denaro,
(altro cardine fondamentale nella società in cui viviamo),
ma nella speranza che, grazie al nostro aiuto,
un'altra persona stia meglio, o, semplicemente,
per farla sorridere.

E scopriamo che quel sorriso, quello stare bene, sono la moneta di scambio, che fa stare meglio anche noi, quella che nutre la cosa più importante di noi stessi:

l'ANIMA!

Usiamo il terzo termine, il PROSSIMO:
cioè GLI ALTRI,
verso i quali provare amore indiscriminato e fraterno, per ESSERE loro UTILI.

VOLONTARIO NON È
chi dedica agli altri il proprio tempo libero, ma
chi trova del tempo libero per gli altri
QUANDO GLI ALTRI NE HANNO BISOGNO.

Una mia intervista

Ansia e panico: due spie per un benessere da ritrovare.

Riprendiamo la rubrica "Salute e Benessere" un po' trascurata ultimamente a causa di impegni personali, e lo facciamo conoscendo Elisabetta Guidotti, Presidente dell'Associazione "Insieme Onlus", Associazione di Volontariato, che ha come obiettivi di supportare chi soffre di disturbi da ansia e attacchi di panico e contribuire a sensibilizzare la gente e gli organi di stampa su malesseri, che sono sempre più diffusi.

Ansia e panico sono ancora affrontati con vergogna e nascondimento, per paura di essere giudicati deboli o malati di mente, mentre si tratta di dinamiche ampiamente risolvibili, se affrontate con una corretta terapia farmacologica (da seguire sotto controllo medico) e scavando a fondo, tramite colloqui, per scoprine la causa.

In particolare, l'ASSOCIAZIONE INSIEME Onlus,
Sito www.insiemedap.it, propone gruppi di auto-mutuo-aiuto che si propongono, grazie ad incontri sociali, di agevolare il confronto ed il sostegno di chi soffre, perché semplicemente il parlare dei propri disagi aiuta le persone a sentirsi meno sole ed a capire che si può guarire.

Sentiamo dalla viva voce di Elisabetta la sua esperienza.

(Irene Ferri)

Ciao, Elisabetta, racconta un po' di te.

Sono Elisabetta Guidotti, una donna di 43 anni, ovviamente portati bene.

L'autoironia, per me, è una delle cose fondamentali.

Sono solare, semplice.
Adoro far ridere e sorridere.
Sono molto sensibile, sono come un cristallo... ma di quelli infrangibili. Amo ballare, amo la musica, amo giocare con mio figlio.
Testarda come pochi.
Amo me stessa più di ogni altra cosa. Esprimo le mie emozioni, i miei sentimenti in ogni dove.
Amo la vita in tutte le sue sfaccettature, godermi il presente e pensare poco al futuro.
La mia missione è di aiutare gli altri.
Il volontariato per me è di estrema importanza.
Fare qualcosa per gli altri mi riempie di gioia e mi gratifica. La nuova Elisabetta non la cambierei con niente e nessuno.

Chi eri prima di avere attacchi di panico?

Un "iceberg". Sentimenti pochi, pessima moglie, pessima mamma. Correvo sempre, pensavo al mio lavoro, solo ed esclusivamente al mio lavoro e, anche lì, forse, concludevo poco e male.

La mia vita era sempre di corsa, in qualunque cosa.
Non sto qui ad elencarvi la mia vita fino al 2007. Sarebbe troppo lunga.

Perché il 2007?

Perché in quel momento, come dice una famosa canzone: "La cambio io la vita che non ce la fa a cambiare me", all'improvviso è arrivato qualcosa che mi ha fatto completamente cambiare.

Come spiegare... non sono stata io a decidere di cambiare, ma qualcosa al posto mio.

In quel momento, io non ero più io.

Gli "attacchi di panico" arrivano per comunicarti qualcosa, per dirti che stai conducendo una vita pessima, che non riesci a smettere.

Eccoli, quindi, arrivare con tutta la loro irruenza. Da allora, la mia vita è completamente cambiata.

Completamente devastata, non riuscivo a fare praticamente più nulla. Avevo perso ogni cosa: famiglia, lavoro, autonomia.

Ero diventata una "larva" da accudire; da non lasciare sola perché ero capace di tutto ed incapace di tutto; da coccolare (ma era sbagliatissimo), da trattare con un po' di cattiveria (ma era anche peggio). Nessuno mi poteva aiutare.

Per chi è vicino, capire quale sia la cosa migliore da fare, credetemi, non è per nulla facile.

Avevo la media di dieci attacchi al giorno;

i miei organi si stavano ammalando; non mangiavo più, non reagivo più o, meglio, non volevo più reagire.

Non riuscivo proprio a fare più nulla. Restavo a letto giorno e notte.

L'unica cosa che riuscivo a fare era quella di alzarmi, quando tornava il mio bimbo da scuola, e mettermi in poltrona per qualche minuto, per non farmi trovare ancora a letto.

Dentro di me non capivo più nulla. Stavo perdendo ogni speranza.

Sì, non mi vergogno di dirlo: a volte ho pensato anche di farla finita!

Non mi pento assolutamente di averlo fatto; allora ero troppo "ottusa", per capire cosa mi stavo perdendo.

Non è mai troppo tardi, ed è questa la cosa importante!

Oggi la nuova Elisabetta è qui. Ha ripreso in mano la sua vita.
Ha cambiato completamente la sua vita.

Come hai deciso di aiutare chi soffre di ansia e DAP (Disturbo da Attacchi di Panico)?

Ho dato vita, insieme con altre persone straordinarie, ad una Associazione di Volontariato, che si occupa di chi soffre d'Ansia, di Attacchi di Panico e di Agorafobia. Ne sono il Presidente

Tutto questo ha lo scopo di far capire alle persone che, come me, vivono questi disagi, che c'è sempre un modo per poterne uscire.
Diamo voce a questi disagi, a tutt'oggi non ancora riconosciuti come malattia, e difficilissimi da comprendere.
Sono fiera ed orgogliosa di portare avanti la nostra Associazione" Insieme Onlus", perché:
"INSIEME…TUTTO È POSSIBILE", come dice il nostro motto.

Un'ultima domanda: cos'è per te il benessere?

Il nostro benessere siamo noi a crearcelo.

Non dubitate mai delle vostre potenzialità, delle vostre forze, e vi assicuro che "questa inarrestabile voglia di vivere", come la chiamo io, arriva all'improvviso e… non vi molla più!

Conclusioni

Non so perché, ma ho sempre sognato di scrivere le conclusioni di un libro, di un saggio, di una tesi o, comunque, di qualcosa d'importante, perché sono le somme di un'esperienza, messe insieme.

Piangerei per quanto sono fiera di me.

Ho iniziato questa piccola esperienza, ignara ed ignorante. Spero solo di non avervi annoiato troppo.

Grazie a tutti!

Appendice

L'OMS ha calcolato che il 7% della popolazione mondiale ne soffre, mentre uno studio coordinato dall'ISS ha dimostrato che in Italia tre milioni e mezzo di persone adulte hanno sofferto di un disturbo mentale negli ultimi 12 mesi e di costoro, quasi due milioni e mezzo hanno presentato un disturbo d'ansia dei quali quasi un milione di disturbo da attacchi di panico. Il DAP inoltre colpisce la classe più attiva, quella di età compresa tra i 20 e i 40 anni, le donne più degli uomini.

Ansia: L'ansia è una complessa combinazione di emozioni negative che includono paura, apprensione e preoccupazione, ed è spesso accompagnata da sensazioni fisiche come palpitazioni, dolori al petto e/o respiro corto, nausea, tremore interno. Può esistere come disturbo cerebrale primario oppure può essere associata ad altri problemi medici, inclusi altri disturbi psichiatrici. I segni somatici sono dunque una iperattività del sistema nervoso autonomo e in generale della classica risposta del sistema simpatico di tipo "combatti o fuggi". Si distingue dalla paura vera e propria per il fatto di essere aspecifica, vaga o derivata da un conflitto interiore.

Attacchi di Panico: Un attacco di panico è un periodo di paura o disagio intensi, tipicamente con un inizio improvviso e solitamente della durata inferiore ai trenta minuti. I sintomi includono tremore, respirazione superficiale, sudore, nausea, vertigini, iperventilazione, parestesie (sensazione di formicolio), tachicardia, sensazione di soffocamento o asfissia. La manifestazione è significativamente diversa da quanto avviene negli altri tipi di disturbi di ansia, poiché gli attacchi sono improvvisi, non sembrano provocati da alcunché e spesso sono debilitanti. Un episodio è spesso categorizzato come un circolo vizioso dove i sintomi mentali accrescono i sintomi fisici, e viceversa. La maggior parte delle persone che ha un attacco, poi ne ha altri in seguito. Se una persona ha attacchi ripetuti, oppure sente una forte ansia riguardo alla possibilità di avere un altro attacco, allora si dice che ha un "disturbo da attacchi di panico" o DAP

Agorafobia: L'agorafobia (dal greco αγορά: piazza e φοβία: paura, etimologicamente "paura della piazza") è la sensazione di paura o grave disagio che un soggetto prova quando si ritrova in ambienti non familiari, temendo di non riuscire a controllare la situazione che lo porta a desiderare una via di fuga immediata verso un luogo da lui reputato più sicuro. L'agorafòbico cerca di evitare luoghi pubblici o luoghi non familiari, ha difficoltà ad uscire di casa e viaggiare. La gravità dell'ansia e dei comportamenti evitanti sono variabili; l'agorafobia è una delle manifestazioni ansiose più invalidanti, in quanto chi ne soffre spesso diventa completamente dipendente dalle mura domestiche, oppure è costretto ad uscire di casa solo quando è accompagnato.

Indice

...noi siamo angeli con

un'ala sola... possiamo volare
soltanto abbracciati...

Finito di stampare nel mese di gennaio 2019
dalla tipografia RiStampa srl,
Via Salaria per L'Aquila km 91,350 – 02015 Santa Rufina di Cittaducale (RI)
Tel. 0746 606732 – e-mail: ristampasrl@libero.it